T0142692

Copyright © 2019 por Adelina Corea

Todos los derechos reservados. Ninguna parte de este libro puede ser reproducida o transmitida de cualquier forma o por cualquier medio, electrónico o mecánico, incluyendo fotocopia, grabación, o por cualquier sistema de almacenamiento y recuperación, sin permiso escrito del propietario del copyright.

Esta es una obra de ficción. Los nombres, personajes, lugares e incidentes son producto de la imaginación del autor o son usados de manera ficticia, y cualquier parecido con personas reales, vivas o muertas, acontecimientos, o lugares es pura coincidencia.

Para realizar pedidos de este libro, contacte con:
Palibrio LLC
1663 Liberty Drive
Suite 200
Bloomington, IN 47403
Gratis desde EE. UU. al 877.407.5847
Gratis desde México al 01.800.288.2243
Gratis desde España al 900.866.949
Desde otro país al +1.812.671.9757
Fax: 01.812.355.1576
ventas@palibrio.com

ISBN: Tapa Blanda   978-1-5065-3222-6
        Libro Electrónico 978-1-5065-3223-3

Número de Control de la Biblioteca del Congreso: 2020906927

Información de la imprenta disponible en la última página

Fecha de revisión: 04/22/2020

Adelina Corea

El Secreto Del Río
The River's Secret

El Secreto Del Río

Este cuento que hoy te narro
sucedió no sé en qué año,
sólo sé que es muy de antaño,
el cual te lleva en un viaje
con un lindo personaje
quien un día fue premiada
por ser su conducta honrada.
Se llamaba: Marisol.

A la joven del relato
de chica le sucedió
que huérfana se quedó.
Y desde entonces vivía,
sin ninguna compañía,
en una pequeña choza
hecha de pura broza,
en el campo, junto al río.

The River's Secret

This here tale, I'll tell today,
happened many years ago;
it's a story of yore, you know,
which will take you on a journey
with a character so worthy
who was rewarded one day
for being righteous in her ways
and her name was Marisol.

The youthful girl in our story
from the time she was quite young
became orphaned and was flung
to live, from an early age,
alone, at a crucial stage,
in a little brushwood hut
over by a forest jut
on a field, close to the river.

Marisol, en primavera,
cortaba en el campo flores,
flores de todos colores.
¡Y cortaba las mejores!
Eran lindas esas flores
que al mercado ella llevaba
donde bien las comerciaba.
Lo hacía día con día.

Mas en uno de esos días
que la linda Marisol,
bajo los rayos del sol,
caminaba y se agachaba
y muchas flores cortaba,
divisó cerca de ella
una flor que como estrella
¡irradiaba mil matices!

¡La más hermosa en verdad!
¡Ninguna flor como aquella!
¡De todas la flor más bella!
Marisol pensó así:
"Serán diez u once, sí,
centavos que ganaré.
Muy cara la venderé".
Y a cortarla pronto fue.

Marisol, during the spring,
would pick flowers from the field,
which so many colors yields;
and she'd pick out all the best
that far stood out from the rest,
and she'd bring them out to sell
at the market; they sold well!
Day in and day out she'd toil.

Well, one ordinary day
in which the sweet Marisol
under the sunrays and all
was walking around and crouching
picking flowers, never doubting,
she caught a glimpse of a flower,
near her, with a starry power
shimmering in a thousand colors!

The most beautiful of flowers!
Never had there been one like it!
Of all flowers the most superb bit!
Marisol thought in suspense,
—Perhaps ten or eleven pence
I will be able to earn.
On the price I will be stern—
and to pick it quickly moved.

Pero al tenerla de frente
Marisol se arrepintió
y así intacta la dejó,
ni un pétalo le tocó...
Y al instante sucedió
que ante sus ojos, la flor
de esplendoroso color,
¡en hada se convirtió!

Era un hada muy pequeña
que a la vez que se inclinó,
y amable la saludó,
con sonrisa muy graciosa
le dijo en forma afectuosa:
«Te estoy muy agradecida
por perdonarme la vida,
y un secreto te diré».

Se sorprendió Marisol
al mirar tan genial hada
pero se quedó callada
y puso mucha atención,
escuchaba con razón
lo que a ella le informaba.
Mucho interés le prestaba.
¡Le atrajo mucho el relato!

But, as she stood facing it,
Marisol had a change of heart
and she left it there intact.
Not a petal she dared touch.
And it happened that the much
splendorous flower changed its guise
right before her awestruck eyes,
turning swiftly into a fairy.

She was a cute, tiny fairy;
Marisol she sweetly greeted,
gracefully before her curtsied,
and with a complaisant smile
said: "I thank you so much child;
for kindly sparing my life,
to you I am much obliged
and I will tell you a secret."

Marisol was really amazed
to see such a gorgeous fairy,
but she stood quiet, though merry,
and paid very close attention.
She listened with good intention
to what the fairy was saying,
close attention she was paying...
She was caught up in the tale.

El hada le platicaba
que un hermoso pececillo
que era color amarillo,
y que moraba en el río,
tenía un final sombrío
porque un bello brazalete
muy prensado, tal grillete,
en su cuerpo lo tenía.

«¿De quién es el brazalete?»,
Marisol interrogó.
Y el hada le contestó:
«Es de una linda princesa
que de tristeza está presa;
profundo es su malestar
y no cesa de llorar.
¡Es muy triste su lamento!».

«Se le perdió cuando andaba
junto al río, caminando
muy contenta, disfrutando
de un maravilloso día.
¡Todo en ella era alegría!
Mas de pronto tropezó
y, cuando al agua cayó,
¡algo no pudo evitar!».

The fairy was telling her
about a nice bitsy fish
which was brightly yellowish
and lived out there in the river.
Its fate had become quite somber
because a beautiful bracelet
strung tightly like a fetter
was wound tightly around its body.

"And whose bracelet is that?"
Marisol curiously asked;
and the fairy answered fast:
"It belongs to a comely princess
who has fallen prey to sadness.
Quite heavy is her tribulation.
She cries ceaselessly in frustration."
"So heartrending are her moans!"

"She lost it during an outing,
walking down the riverside
happily, pleased to be outside
on such a wonderful day.
She was merrily at play!
But, of a sudden, she tripped,
when to the water she slipped,
this thing she could not avoid!"

«Que el precioso brazalete
del brazo se le zafó
y en el río remató.
Sus damas de compañía,
que la cuidan noche y día,
atajarlo ellas quisieron
mas lograrlo no pudieron.
¡Se lo llevó la corriente!»;

«y a lo profundo del río
se iba la joya hundiendo,
poco a poco sumergiendo,
cuando en el pez amarillo
se ensartó como un anillo,
y al querer nadar, en vez,
inmóvil se quedó el pez.
Esta emocionante historia,

hoy te la platico a ti
porque eres honrada y buena
y siendo la joya ajena
sé que la regresarás,
que a la dueña la darás.
Corre al río. Ve tú ahora.
Del remedio se la autora.
¡El brazalete rescata!».

«¿Cómo lo podré encontrar?»,
Marisol le respondió.
«¿Cómo voy a saber yo
donde está el pez amarillo?
Encontrarlo no es sencillo
porque está muy grande el río.
¡Hallarlo será un gran lío!
¿Crees que lo lograré?».

"That her so beautiful bracelet
slipped from her wrist as she yelled,
and into the river fell.
Her respectful chaperone girls,
who day and night watch her twirls,
quickly undertook to catch it;
but in vain! They could not grasp it..."
"The current hauled it away!"

"And down to the river's bottom
the jewel kept slowly sinking,
little by little submerging
when, the yellow colored fish
got stuck in it with a swish,
the poor thing is now not able
to help himself. Not a fable,
but a gripping tale, you see;

And today to you I tell it
because you're honest and righteous;
and the jewel, being another's
I know that you will return
to its rightful owner in turn.
You go now. Go to the river.
Of the fix become the giver.
Go rescue the bracelet, please!"

"But how could I ever find it?"
Marisol answered the fairy.
"How could I know rather clearly
where the yellow fish is found?
The river's so richly bound,
it won't be easy to find it;
it'll be even harder to catch it!"
"Do you think I'll chance upon it?"

Y el hada le contestó:
«Lograrlo sí que podrás.
No te impacientes nomás.
Hallarás, te lo aseguro,
al pez que está en gran apuro;
aquel que en su cuerpo brilla
esa linda maravilla
de zafiros y diamantes».

«Cuando tengas tú la joya
debes llevarlo después
al castillo que allá ves.
En él vive la princesa
que de tristeza hoy es presa.
Vuelve a su ser el aliento
y a sus ojos el contento.
¡Y un gran premio tú tendrás!».

«Marisol, ve. ¡Busca pronto
en el río al pececillo
que es de color amarillo!».
Se fue entonces con premura.
De encontrar iba segura
a tan misterioso pez.
Caminó con rapidez
por aquel largo sendero;

To which the fairy replied:
"Of course you can do it, child.
Just don't let your mind race wild;
the fish now in such a bind
I assure you, you will find;
the one on whose body glitters
the wonder which makes it flitter
inlaid with sapphires and diamonds".

"When you have the jewel with you,
you must bring over thereafter
to that castle you see yonder.
That is where the princess dwells;
her sorrow ever bigger swells.
Go and give her back the joy
which in her eyes was destroyed."
"And a great prize she will grant you!"

"Go swiftly, sweet Marisol,
down into the river's swish
and look for that yellow fish".
Marisol ran e´er so light
with a clear determination
to look for the fish in question.
She walked fast and feeling funny
along that long winding path.

y entre las aguas del río,
así tan pronto llegó,
a buscarlo comenzó.
Lo buscó y lo buscó,
de norte a sur caminó.
¡Revisó cada pulgada!
Mas se sentía frustrada
al no poder encontrarlo;

y así a punto de rendirse
entre las aguas miró
algo allí que se movió.
¡Era un lindo pececillo!
¡Y era color amarillo!
Se miraba ya agobiado
y todo desesperado
porque quería nadar,

¡buscar que comer quería!
Mas algo, que bien brillaba,
prensado en su cuerpo estaba
sin permitirle nadar
para comida buscar...
¡Era la joya perdida
que se encontraba metida
en su cuerpito amarillo!

And when she finally arrived,
all along the river's waters
among the fish she brisk sought hers
and she looked and looked around;
from north to south her steps bound,
trying to pry in every inch;
but she couldn't though she squinched
catch sight of it and, defeated,

on the verge of giving up,
down the river more she saw
something that moved and, in awe,
noticed it was a small fish,
and yellow too, as she'd wished!
And it looked really weighed down
desperate too, with sullen frown
because it wanted to swim,

to look for something to eat;
but something that glittered brightly
was stuck to its body tightly
and wouldn't allow it to swim
to find food, and made it grim...
It was the beautiful bracelet
strongly braced around his graceful
small and yellow little body!

Y a esa parte del río,
tan pronto como lo vio,
Marisol se sumergió...
En sus manos enlazarlo
no fue fácil de lograrlo
porque agitado brincaba
y casi se le zafaba...
¡pero sí lo consiguió!

¡Al fin sacó el brazalete
del cuerpo de aquel pescado!
Que al sentirse liberado
de sus manos se soltó
y al agua pronto brincó,
yéndose feliz nadando
y su nado aligerando
para buscar que comer,

porque de hambre se moría.
Y en el río, Marisol,
del flujo hallando el control,
asombrada ella miraba
lo precioso que brillaba
ese brazalete hermoso.
Su brillo era fabuloso
cuando el sol en él pegaba.

Marisol then plunged forthwith
into that part of the river
and the fish being close to her
finally managed to catch.
Between her small hands she snatched
it; and, though it restless jumped
and almost her efforts trumped,
Marisol finally succeeded.

Yes, she got the bracelet lose
from that fidgety fish's body
who, feeling free, soon grew haughty
and squirmed away from her hands;
the water was in its plans.
It happily swam away
speeding up underway
to go find something to eat,

because, frankly, it was starving...
In the river, Marisol,
the current under control,
was astonished at the sight
of how the bracelet so bright
shimmered so beautifully sunlit;
such stark glow enveloped it
when the sunlight struck its shape!

Agarrándolo muy fuerte
del río pronto salió
y en su bolsa lo guardó.
¡Remojada ella estaba
y el astro rey la secaba!
Cuando iba por el camino,
hacia el castillo, le vino
a su mente la princesa.

Muy triste ha de estar, pensaba.
Y cuando por fin llegó
con sus nudillos tocó.
Un soldado pronto abrió
y el nombre le preguntó.
Al soldado contestó:
«Marisol me llamo yo
y buscaba a la princesa».

Porque lo que ella perdió
dígale que lo encontré,
que ya triste más no esté».
Y el brazalete sacó.
Al soldado lo enseñó.
Y el militar con buen trato
le dijo: «Espere un rato
yo mismo le avisaré».

So, grasping it very tightly,
from the river she came out,
put it in her pocket, stout.
She was soaked all to the marrow,
but the sun dried her up thorough.
As she walked on down the road
toward the castle, she bestowed
all her thoughts upon the princess.

"How sad she must be!" she thought.
When Marisol finally arrived,
with her small knuckles she knocked;
when a sentry opened up,
asked her her name to speak up.
She answered the sentry thus:
"I'm Marisol, do not fuss.
I'm just looking for the princess,

because the thing that she lost,
you can tell her I have found.
Don't let her sadness redound".
And she pulled the bracelet out
and the sentry had no doubt!
The soldier, with nice demeanor,
told her: "wait here while I bid her.
I'll give her the news myself."

La princesa muy feliz
minutos después llegó
y cuando la joya vio
le dijo así a Marisol:
«De nuevo ha brillado el sol
en mi vida y en mi ser
porque vuelvo yo a tener
en mis manos esta joya».

«Este lindo brazalete
que me regaló mi padre,
el cual era de mi madre
a quien yo no conocí
pues murió cuando nací.
¡Has hecho feliz mi vida
y te estoy agradecida!
Por esa razón te pido:

Que seas mi compañía.
Que vivas aquí conmigo.
Yo te he de brindar abrigo
aquel que nunca has tenido.
¡Llevarás tú mi apellido!
¡Mi hermana menor serás!
¡Mucho cariño tendrás!
Acéptalo te lo pido».

The sweet princess, rightly pleased,
in few minutes arrived face-lit
and upon seeing the bracelet,
spoke these words to Marisol:
"The sun shines again throughout
my life and all of my being,
because I have again, beaming,
this jewel upon my hands".

This magnificent bracelet is
a special gift from my father,
which once belonged to my mother
whom I sadly never met,
since, on my birth, death beset
her, but now my life's filled with joy.
I'm so grateful! Don't be coy!
I'm going to ask you, today,

to become my constant company.
Please come and live here with me.
Shelter and love you'll receive
which I think you never had,
my last name you'll have, be glad!
You'll be as my younger sister,
much love you'll have, I'm no trickster!
Oh, please, do accept my offer."

Desde entonces Marisol
muy gozosa siempre está.
Y a veces al campo va.
A ver la flor se va ella,
¡la que colores destella
y echa chispas como estrella!
¡A la flor, que es la más bella,
da las gracias con el alma!

Ever since then, Marisol,
is always happy and cheery;
the field she visits, the dearie,
sometimes, to go see the flower
which shines with such intense power,
under the sun shimmers so!
The most beautiful of all!
And she thanks her from her soul!

Printed in the United States
By Bookmasters